Le Livre de Poche Jeunesse

Pour Anousone et Anousay

L.H.P.

BIENVENUE AU COLLÈGE !

Loo Hui Phang
Jean-Pierre Duffour

COLLÈGE
ÉCOLE
N
O
E
S

BIENVENUE AU COLLÈGE !

Le CM2 est un couronnement, la fin de l'ascension de la haute montagne de l'École où l'on est devenu le plus grand. Mais, tandis que l'on savoure son exploit, il est déjà temps de quitter ce cher territoire dont on était le roi, pour débarquer sur une île inconnue appelée « Collège ».

Tout y est différent : les indigènes, les coutumes, les costumes et même les dialectes. De « plus grand de l'École », on se retrouve « plus petit du Collège ». Et tout est à recommencer...

Pour affronter avec sérénité le dépaysement de ce nouveau continent et entrer en contact avec ses habitants, équipe-toi de ces quelques conseils...

LES TRIBUS

Au Collège, tu rencontreras principalement trois types d'indigènes : les Grands, les Profs et les Pions. Il faudra t'habituer à leur aspect étrange et à leurs rituels bizarres. Voici donc des informations utiles pour apprendre à les reconnaître et à entrer en contact avec eux.

Les Grands

Ce sont les individus les plus étranges et les plus imprévisibles du Collège. C'est le type le plus répandu (les Grands sont plus nombreux que les Profs qui sont plus nombreux que les Pions ; c'est comme ça).

Les Grands sont en fait des élèves plus âgés qui, durant leur séjour au Collège, ont développé des particularités physiques réunies sous le nom d'« adolescence ». On devient Grand à partir de la Quatrième. Les Élèves de Sixième sont appelés « Nouveaux ». Quant aux Cinquièmes, ils traversent une période transitoire où ils sont considérés comme des Grands par les Sixièmes et comme des Petits par les autres.

Attention !

Il existe deux catégories de Grands
qu'il ne faut jamais, jamais confondre :
les Garçons et les Filles.

Les Garçons

Généralement, les effets de l'adolescence chez les Garçons sont :

– Une grande taille : les Grands font une tête de plus que les Nouveaux.

– Un grognement très spécifique que l'on pourrait décrire comme une voix vacillante, qui hésite entre le grave et l'aigu : on appelle ça la « mue ».

– Parfois des cheveux longs, mais il ne faut pas les prendre pour des filles, ça les rend terriblement agressifs.

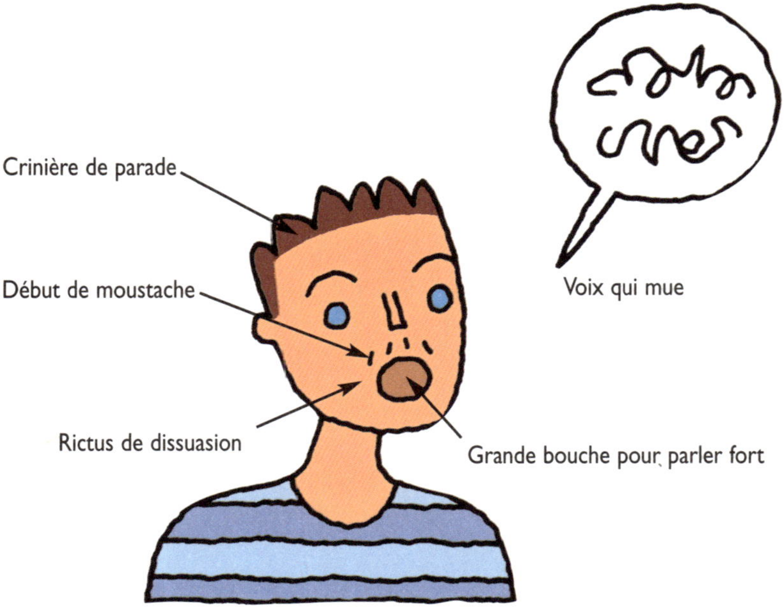

Les Filles

Les Filles changent de manière très différente des Garçons :

– Elles deviennent très colorées.

– Elles sentent des parfums.

– Elles pouffent en regardant les Garçons.

– Lorsqu'elles ont les cheveux courts, il ne faut pas les confondre avec des Garçons, ça les rend terriblement nerveuses.

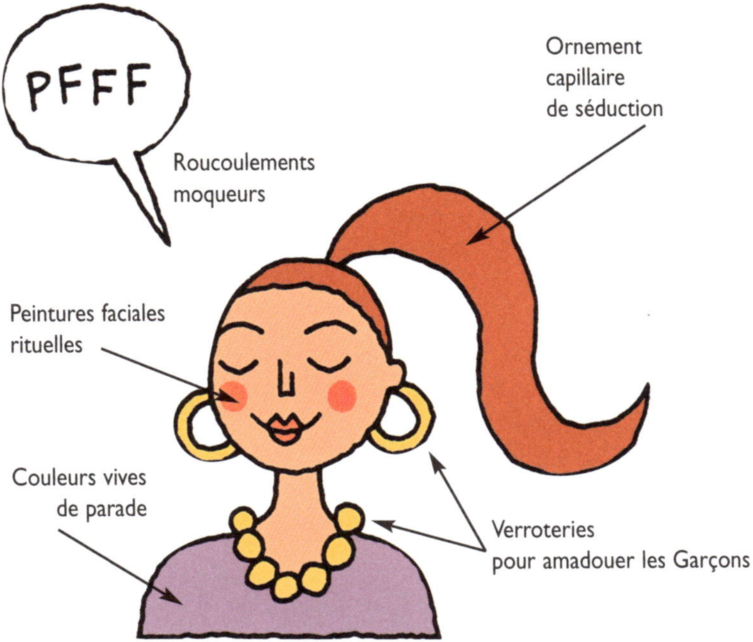

Conseils

• Au cas où on ne le remarquerait pas, les Grands n'oublient pas de nous rappeler qu'ils sont des Grands. Mieux vaut ne pas les contredire, c'est une information qui leur tient à cœur.

• Certains Nouveaux peuvent ressembler à des Grands à cause de leur taille. Mais s'ils ne disent pas d'emblée qu'ils sont des Grands, alors il y a de fortes chances pour qu'il s'agisse de Nouveaux.

• Les Garçons, au cours de leur mutation, peuvent voir leurs forces se décupler. Ils en sont les premiers étonnés et peuvent parfois, tout émoustillés qu'ils sont, faire des démonstrations de force (courses effrénées dans les couloirs, grimpages de paniers de basket, lancers de cartables...). Les Nouveaux peuvent se mesurer à eux, mais c'est à leurs risques et périls.

• Les Grands subissent parfois un désagréable effet de l'adolescence appelé « acné ». Mais il vaut mieux ne pas le leur faire remarquer, sous peine de leur causer une grande contrariété.

Les Profs

Les Profs sont des indigènes qui, au moyen de leurs cordes vocales, ont le pouvoir de transmettre leur savoir. On peut difficilement établir des catégories définies au sein de leur horde, tant leurs physionomies sont variées. Contrairement à l'École où l'on ne disposait que d'un seul maître à tout faire, au Collège, on bénéficie d'un Prof par matière.

Remarque : Il est exceptionnel d'entendre le mot « Professeur » en entier. On se contente de dire « Prof » pour économiser son énergie.

Voici les différentes matières que tu étudieras au Collège :

- **Français** (6 heures) :
  pourra prendra écrir sang fôteu doretografe.
- **Langue vivante étrangère** (4 heures) :
  pour communiquer au moyen d'un autre dialecte indigène (l'anglais dans 90 % des cas).
- **Histoire-Géographie** (3 heures) :
  pour apprendre l'histoire de nos ancêtres et l'allure générale de notre planète.
- **Sciences de la vie et de la terre** (1 heure 30) :
  pour connaître le fonctionnement de la nature (mais il vaut mieux dire « SVT » pour être dans le coup).
- **Mathématiques** (4 heures) :
  pour apprivoiser des troupeaux de figures géométriques compliquées.

- **Éducation Physique et Sportive** (4 heures) :
  pour attraper des muscles ou rattraper ses mauvaises notes dans les autres matières…

- **Technologie** (1 heure 30) :
  pour apprendre à construire des objets essentiels à la vie (exemple : détecteur de courant, alarme photosensible, distributeur de mouchoirs, etc.).

- **Éducation musicale** (1 heure) :
  pour s'initier à la grande musique et maîtriser l'art de la flûte en plastique.

- **Arts plastiques** (2 heures) :
  pour se familiariser avec les peintures ancestrales et devenir Picasso.

Parmi tes Profs, un seul sera désigné pour s'occuper tout particulièrement de ta classe : le Prof Principal.

Le Prof Principal

Le jour de la rentrée, c'est le premier spécimen de Prof que tu rencontreras. Il t'expliquera le fonctionnement du Collège et ses différents rituels. Par la suite, il sera un interlocuteur privilégié pour les Élèves et leurs Parents, et organisera l'élection des Délégués de classe (voir « Autres indigènes »).

Le rituel de la classe (voir « Lieux ») est une cérémonie au déroulement très précis, au cours de laquelle les fameuses cordes vocales des Profs produisent des incantations qu'il faut écouter attentivement. Les cordes vocales sont des organes fragiles, aussi les Profs supportent mal de les utiliser pour rien.

Les Pions

(À ne pas confondre avec les pions de l'échiquier)

Les Pions sont les indigènes chargés du maintien de l'ordre et du contrôle des absences et des retards. Ils sont très sérieux et font semblant de ne jamais rigoler, mais cela ne marche pas très bien. On finit souvent par devenir copain avec les Pions. Lorsque l'on rencontre un indigène qui n'est ni un Grand ni un Prof, alors c'est un Pion. Généralement, le Pion est plus âgé que le Grand et plus jeune que le Prof.

Le territoire du Pion est la salle de permanence, dite salle de perm ou perm. Elle n'est pas assidûment fréquentée et l'on y entre plus par obligation que par réel enthousiasme. Le Pion y exerce une autorité complète : il y fait régner un silence studieux et un ordre exemplaire. Dans ce grand calme, il n'est pas rare de voir un Pion s'adonner à l'exercice périlleux des mots croisés.

Conseils

– À cause de leur écrasante fonction, il peut arriver que les Pions soient un tantinet irritables. Mieux vaut ne pas faire le malin et éviter de défier leur autorité.

– Il arrive que les Pions s'ennuient à mourir. Si, à l'aide de leurs cordes vocales, ils produisent des bruits qui te sont destinés, c'est un signe de sympathie qu'il ne faut pas négliger.

Autres indigènes

Les indigènes suivants ne vivent pas en tribus, mais il est important de les identifier.

Le Principal

Le Principal est une figure particulière du Collège redoutée et respectée. On le voit peu, car il reste tapi dans son antre, mais on le craint beaucoup. On dit que celui qui se retrouve en face de lui dans son bureau s'expose à bien du malheur. Mais cela est certainement exagéré. C'est le Grand Chef du Collège, et sa fonction lui permet de prendre les décisions de la plus haute importance (sanctions disciplinaires, etc.). Si tout se passe bien, tu n'auras pas affaire à lui directement.

Remarque : Il arrive fréquemment que le Principal soit une Principale, mais cela ne change rien à son grand pouvoir.

La Secrétaire

Comme tout personnage important, le Principal est entouré de ministres. La Secrétaire est la gardienne de son antre. Car le Principal n'est pas facilement accessible et quiconque veut le rencontrer doit passer par sa Secrétaire qui contrôle ses rendez-vous. Celle-ci posera trois questions rituelles avant de donner l'accès à l'antre sacré : Qui êtes-vous ? Pourquoi voulez-vous voir le Principal ? Avez-vous un rendez-vous ?

Remarque : Il est très possible que la Secrétaire soit un Secrétaire. Il ne faut pas être déstabilisé par cela et répondre quand même aux questions.

Le ou la CPE

C'est le nom de guerre du Conseiller d'Éducation. Il s'occupe du bon déroulement des rituels de classe, du retard et des absences, et, à l'occasion, il peut distribuer des sanctions. Bref, il est un peu le ministre de la discipline et le chef des Pions. Par ailleurs, il s'efforce d'organiser des cérémonies plaisantes pour distraire les indigènes (exemple : création d'un journal interne, atelier vidéo, etc.).

L'Infirmière

L'Infirmière est le sorcier-guérisseur du Collège. Elle exerce dans une étrange cabane, remplie de décoctions et de pharmacopées barbares, appelée Infirmerie. Tout indigène blessé, au cours d'une démonstration de force par exemple, peut se rendre dans ce lieu sacré pour y subir une intervention médicale. À l'aide d'essences médicinales, de bandages et d'incantations rituelles, l'Infirmière prodigue les premiers soins. Après l'intervention, le guérisseur renvoie l'indigène à ses activités. Si celui-ci s'était absenté d'un cours, l'Infirmière remplit un justificatif que l'Élève devra rendre à son Prof pour prouver sa visite à l'Infirmerie. Il existe deux types d'Infirmière : celle qui réconforte et celle qui fait peur. La première utilise la méthode douce et peut être d'une très agréable compagnie. Il n'est pas rare de voir certains Élèves s'accorder quelques minutes de répit à l'Infirmerie durant leurs cours. L'Infirmière qui fait peur privilégie une technique plus musclée, assez dissuasive pour les séchages de cours.

Les Cantinières

Les Cantinières sont les indigènes qui distribuent la nourriture au réfectoire. Elles sont très facilement reconnaissables grâce à leurs costumes folkloriques blancs et aux ustensiles qu'elles agitent dans leurs mains. Il est bien venu de les honorer d'un « bonjour » lorsqu'on les aperçoit pendant le rituel du plateau (voir à « Lieux »), ce qui constitue un signe de politesse civilisé. Certains s'en servent même comme d'une arme de séduction pour s'attirer leurs bonnes grâces (voir « Rituel du plateau »).

Le ou la Concierge

C'est le grand gardien de la porte du Collège. Son rôle est de surveiller les entrées et les sorties, et de veiller à la sécurité des lieux. D'ailleurs, il est souvent le seul indigène qui habite vraiment au Collège. Ainsi, en l'absence de cours (week-end et vacances scolaires), le Concierge peut faire le fou comme il veut dans la cour de récré. Mais en général, il se contente de promener son gros chien sur le terrain de basket pour intimider les éventuels cambrioleurs.

Le Délégué de classe

A la base, c'est un Élève normal qui a fait le choix courageux d'être « délégué ». Élu par les autres Élèves, il les représente durant les Conseils de classe (voir « Autres rituels ») et fait le lien entre Profs et Élèves. Il a également la responsabilité du « Cahier de classe » (voir « Les objets du Collège »)

Remarque : Le Délégué de classe, pour être plus fort face à son importante fonction, a la sage précaution de s'allier avec un semblable. Ainsi, les Délégués de classe vont toujours par deux (comme Sherlock Holmes et le Docteur Watson, Batman et Robin…)

Le ou la Documentaliste

C'est l'indigène qui surveille les livres au centre de documentation. Sa fonction en fait un personnage de grand savoir, avec qui il est bon de sympathiser. Il saura alors te guider dans tes recherches de documents et tes choix de lectures. Bien évidemment, il ne faut pas profiter de sa confiance pour garder les ouvrages plus longtemps que de raison ou s'adonner à des pratiques sportives dans le CDI.

EXERCICE PRATIQUE

Le Pion intrus

Parmi ce groupe de Grands, un Pion s'est dissimulé.
Où se trouve-t-il ?

PLAN DU COLLÈGE
1
2
3
3
3
3
4
5
1
7
3
3
3
3
6
8
10
12
?
9
11
13

LES LIEUX

À l'École, on n'occupait qu'une salle de classe avec notre maître ou maîtresse unique. Au Collège, c'est tout le contraire. Avec la multiplication des Profs et des matières, vient la prolifération des salles. Ainsi, d'un cours à l'autre, tu migreras avec toute ta classe à travers les longs couloirs des bâtiments. Cette grande transhumance est une coutume folklorique incontournable à laquelle tu t'habitueras vite.

Avant d'aborder le détail des différents lieux qui composent ton Collège, regarde avec attention ce plan d'ensemble. Cela t'évitera des kilomètres inutiles dans les couloirs de ton nouvel établissement.

1 - Les couloirs
2 - La salle de permanence (ou perm)
3 - Les salles de classe
4 - Le gymnase
5 - Le réfectoire
6 - Les toilettes
7 - L'infirmerie
8 - La salle des Profs
9 - Le centre de documentation (ou CDI)
10 - La cour de récré
11 - Le préau
12 - Le bureau du Principal
13 - Le bureau de la Secrétaire

Les salles de classe

C'est le lieu où se déroule le rituel de la classe. On y trouve donc des objets permettant de s'asseoir et d'écrire – soient des tables et des chaises, c'est plus pratique.

Le Prof, pour éviter les projectiles, se retranche derrière son bureau ou, s'il est plus courageux, sert de cible sur l'estrade. Pour se défendre des offensives des élèves les plus sauvages, le Prof est passé maître dans une discipline ancestrale : outre son grand savoir, il bénéficie d'une étonnante habileté pour le lancer-de-craie-sur-élève-dissipé.

Protocole du rituel de classe

Voici quelques conseils pour passer le rituel sans dommages :

– Face à ses élèves, le Prof produit des injonctions à l'aide de ses cordes vocales. L'élève est assis sur une chaise (le cours ayant une durée d'au moins une heure, c'est tout de même plus confortable que de rester debout). Bien évidemment, il est préférable de ne pas tourner le dos au Prof.

– Seul le Prof a le droit d'utiliser ses cordes vocales pendant le cours (cela évite aux élèves d'user les leurs).

– Il est évident que tout autre bruit que les sons proférés par le Prof est malvenu (les bruits émis par les téléphones portables sont à proscrire).

– Lorsque le Prof pose une question, les élèves sont autorisés à produire des sons.

Si l'un ou l'autre de ces points n'est pas respecté par l'Élève, celui-ci risque fort d'être envoyé dans l'antre du Principal.

Remarque : Seuls le Prof et les élèves sont admis au rituel. Tout autre indigène n'y aurait pas sa place et se retrouverait tout bête.

La salle de permanence

Nous l'avons dit, la salle de perm n'est pas un lieu de réjouissances. On y vient pour travailler, pendant un creux dans l'emploi du temps par exemple, ou pour subir le supplice de la Colle.

Le supplice de la colle

Si un rituel n'a pas été respecté, une visite au Principal ou le supplice de la colle s'impose. Une colle se compte en heures (une dans le meilleur des cas) et consiste en un travail écrit, idiot ou non (exemple : conjuguer à tous les temps « Je respecte le rituel de la classe. »), en tout cas assez rébarbatif pour être dissuasif.

Remarque : Sans être une pratique barbare, la colle n'est pas vraiment une partie de plaisir. Éviter de se faire « coller » permet de ne pas perdre un temps précieux que l'on pourrait consacrer à la rencontre d'autres indigènes par exemple.

À part cela, il ne se passe pas grand-chose en perm. Toute forme de bruit est malvenue (surtout les bruits de cordes vocales). Jouer au football – ou s'adonner à toute autre forme d'expression corporelle – y est aussi peu opportun.

En bref, on travaille ou l'on s'ennuie, mais c'est voulu.

Les couloirs

Les couloirs relient toutes les salles de classe entre elles. Sans eux, les salles seraient collées les unes aux autres et les transhumances inter-cours seraient un joyeux désordre

Les couloirs sont donc des lieux étranges qui sont ou complètement vides ou complètement bondés. On dit que rester trop longtemps dans un couloir porte malheur. En effet, souvent cela signifie que l'on s'est fait exclure d'un cours et que de fâcheuses sanctions se profilent à l'horizon. Il est à noter que certains Élèves profitent de ce grand vide pour y pratiquer des cérémonies secrètes (flirt ou fumage de la cigarette), ce qui n'est pas du goût des indigènes adultes. Ceux-ci peuvent alors distribuer des sanctions.

avec couloir

sans couloir
(structure en nid d'abeille)

Le gymnase

Le gymnase est une salle de classe particulière. De dimensions supérieures à la normale, il accueille un rituel étrange : le sport.

Rituel du sport

– En règle générale, tout ce qui était défendu dans les autres rituels est ici autorisé : courir frénétiquement, grimper, démontrer sa force, etc.

– Le Prof et les Élèves se revêtent de costumes en peaux de synthétiques ou en acrylique sauvage, appelés « jogging ». Leurs pieds sont pourvus de chaussures spécifiques appelées « baskets ». Le « jogging » et les « baskets » sont censés faciliter les fluctuations corporelles.

– Le sport permet de faire bouger ce qui ne bouge pas pendant la classe : les bras et les jambes (mais pas la tête). Ainsi, les Élèves attrapent des muscles, ce qui est très gratifiant.

– Bizarrement, les Profs de sport, malgré leur spécialité, n'attrapent pas toujours de muscles et leur pantomime ressemble beaucoup à celle des autres Profs (rien ne bouge sauf les cordes vocales).

– Régulièrement, les Élèves sont amenés à subir des épreuves initiatiques telles que : lancer un gros ballon dans un filet, taper un petit ballon avec une planche, sauter par-dessus une ficelle, etc.

– Il arrive que certains Élèves ne parviennent jamais à dépasser ces épreuves. Cela n'est pas très grave s'ils s'illustrent brillamment dans les autres matières.

Souvent, le Prof de sport a recours à une amulette pour lui assurer l'obéissance des Élèves : le sifflet. Celui-ci produit un son strident, désagréable à l'oreille des Élèves et c'est bien tout ce qu'on lui demande.

Le réfectoire

Le réfectoire est l'endroit où l'on reçoit de la nourriture. Il remplace l'antique cantine de l'École. Le Collégien, étant plus âgé que l'Écolier, devra donc, pour se sustenter, se débrouiller tout seul, non mais. Pour cela il suivra le rituel du plateau.

Rituel du plateau

– Il consiste à rassembler un certain nombre de denrées sur une planche en plastique. À l'issue du rituel, il est permis de consommer les denrées attrapées.

– En poussant le plateau sur le rail de métal, on arrive en vue de plusieurs groupes d'aliments : les aliments froids (ou « entrées »), les aliments chauds (ou « plats de résistance ») et les aliments sucrés (ou « desserts »).

– L'épreuve consiste à choisir parmi chaque groupe l'aliment que l'on préfère (ou celui que l'on déteste le moins).

Remarque : Il est toujours bon de s'attirer la sympathie des cantinières qui, en retour d'un sourire candide, peuvent réserver les morceaux de choix ou augmenter les portions.

Il ne faut pas se fier à la poésie des menus accrochés à l'entrée du réfectoire. Avec l'expérience, tu apprendras à décrypter ces textes alléchants car la réalité de la gastronomie collégienne est parfois cruelle. Heureusement, il arrive aussi d'être agréablement surpris (par le repas servi au moment de Noël, notamment).

La consommation des nourritures se déroule dans une grande salle remplie de chaises et de tables. On y retrouve ses copains et autres connaissances indigènes pour partager un banquet. Ce qui constitue toujours un moment agréable.

Attention !

Des excès d'enthousiasme peuvent perturber le banquet. En effet, la joie de se retrouver entre Élèves se traduit parfois par des jets d'aliments (avec une prédilection pour les petits-suisses) qui peuvent même dégénérer en bataille rangée.

Il n'existe pas de repas inter-tribaux. Les Profs, les Élèves et les Pions absorbent leurs aliments sur leurs territoires respectifs.

Les toilettes

Prévues au départ pour l'intimité des besoins naturels, les toilettes sont devenues des salles de réunion pour les Grands. En effet, les portes verrouillées permettent de garder secrètes quelques cérémonies interdites comme le fumage de la cigarette.

La cigarette

La cigarette est un calumet qui aurait le pouvoir fabuleux de rendre respectable celui qui le fume. En effet, le fumage de la cigarette est un rite initiatique qui permettrait soi-disant de grandir plus vite. Mais cela n'a jamais été scientifiquement prouvé. Ce qui

est sûr, c'est que la cigarette pique les yeux, fait tousser et laisse un goût bizarre dans la bouche.

Pour qui aurait la drôle d'idée d'aller aux toilettes pour satisfaire ses besoins naturels, mieux vaut ne pas s'attarder aux réunions de Grands et laisser les initiés entre eux.

La salle des Profs

On peut considérer que la salle des Profs est un lieu sacré, rarement fréquenté par tout autre indigène. Nul Élève n'y a posé le pied et nombre de légendes circulent à son propos.

On suppose que les Profs viennent y travailler pendant des trous de leurs emplois du temps. En cela, elle serait une sorte de salle de perm pour les Profs, sauf qu'ils n'y sont pas surveillés par des Pions. On dit aussi qu'ils s'y réfugient pour fumer des calumets. En cela, la salle des Profs s'assimilerait aux toilettes-salle-de-réunion-pour-Grands, sauf que le fumage n'est pas interdit pour les Profs.

On suppose aussi que la salle des Profs est un lieu d'échange de hautes idées et de grands savoirs. Mais cela n'a jamais été vérifié.

L'infirmerie

Comme nous l'avons dit précédemment, l'infirmerie est la cabane du sorcier-guérisseur. Elle est toute blanche – car, selon les croyances indigènes, le blanc tue les microbes – et remplie de pharmacopées. On y trouve généralement un lit pour se reposer, en cas de grande maladie, mais généralement, les maux soignés par l'Infirmière ne sont pas très graves.

Le centre de documentation

C'est le lieu où l'on cultive des livres. Les spécimens les plus prisés sont les plus gros et les plus lourds. Ceux-ci sont appelés « Dictionnaires » ou « Encyclopédies ». On y apprend tout un tas de choses utiles et pratiques qui aident à compléter les cours et préparer les exposés. On peut aussi emprunter d'autres livres plus petits appelés « Romans ». Ces ouvrages ne sont nullement des cadeaux de bienvenue. Ainsi, il vaut mieux les rendre après les avoir lus pour rester en termes civilisés avec le ou la documentaliste.

La compagnie des livres est toujours reposante (ils ne sont pas bruyants et ne lancent pas de petits-suisses dans les cheveux), aussi le CDI constitue une véritable oasis de paix.

La cour de récré

La cour de récré est un vaste terrain vide au milieu du Collège. On s'y rend plusieurs fois dans la journée pour se détendre, se dégourdir les jambes, faire des rencontres avec des indigènes : cela s'appelle le rituel de la récréation.

Le rituel de la récréation

Il dure généralement 15 minutes et survient deux fois dans la journée : le matin et l'après-midi. Il permet de faire une coupure entre les cours et de respirer l'air du dehors (cela fait toujours du bien, même quand il pleut). On est libre de faire ce que l'on veut, à condition de respecter certaines règles.

– Fumer est interdit, même dans les toilettes.
– Il est mal vu de taper sur ses petits camarades.
– Tout acte qui dérangerait la tranquillité des autres indigènes est à éviter (hurler à gorge déployée au milieu de la cour n'est pas très recommandé, même si cela fait du bien).

De toute façon, la récréation a lieu sous la surveillance des Pions qui sauront t'indiquer les limites.

Il est intéressant de constater que les jeux pratiqués à l'École, tels que la marelle, la corde à sauter ou l'élastique, sont passés de mode au Collège. D'autres coutumes typiquement collégiennes les remplacent : le bavardage (ou potins), le sport et le flirt (voir « Quelques conseils »).
Cependant, si un besoin subit de marelle se fait sentir, mieux vaut s'abstenir et attendre la fin de la journée pour jouer hors du

Collège. En effet, quiconque transgresse les rituels collégiens pour renouer avec des pratiques écolières doit s'attendre à des sarcasmes déplaisants. Et puis, le respect dû au Collégien s'acquiert aussi par sa capacité d'adaptation à ce nouveau monde.

Géographiquement, la cour de récré se compose de grands espaces vides entre les bâtiments du Collège, et du préau (celui-ci est un lieu couvert où l'on peut s'abriter par temps de pluie).
Les différents clans d'indigènes ont installé leurs petites habitudes dans certains coins de la cour, et peuvent défendre farouchement leurs colonies. Ainsi, la cour est partagée par des frontières invisibles que tu apprendras à repérer en t'y aventurant.

Socialement, la récréation joue un rôle capital puisque c'est là que s'instaurent les liens entre les différents indigènes. Si généralement Grands et Nouveaux ne se fréquentent pas, la Récréation constitue le seul moment où tous les Collégiens sont réunis au même endroit. Et malgré les cérémonies, les clans et les territoires, certaines relations inter-classes peuvent se nouer.

LES OBJETS DU COLLÈGE

La vie du Collégien s'enrichit de nouveaux objets qui se révéleront très vite indispensables. Apprends à les reconnaître et à les utiliser, tu seras ainsi parfaitement équipé pour entrer dans ce nouveau monde.

Le cartable

Au Collège, le cartable subit une mutation flagrante : il enfle et pèse deux fois plus lourd qu'à l'École. En effet, pour bien suivre les différents rituels de classe, tu devras emporter tous les livres qui correspondent aux matières étudiées dans la journée. Le portage du cartable peut alors devenir une véritable épreuve. Aussi, il n'est pas interdit de faire preuve d'imagination pour transporter ses affaires sans abîmer sa colonne vertébrale. Le cartable à roulettes, par exemple, est un modèle fort pratique.

La flûte

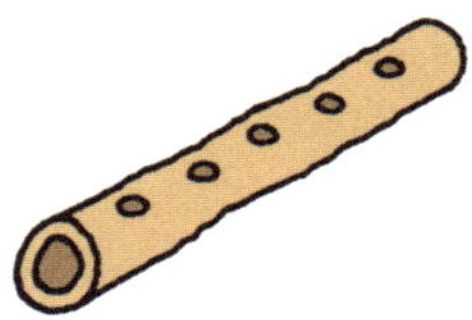

Au Collège, le rituel du cours de Musique est le seul qui encourage l'usage des cordes vocales des Élèves. En effet, l'apprentissage des chants ancestraux se fait à l'aide de la voix et d'un instrument primitif appelé « flûte ». La flûte est un tube en plastique ou en bois percé de partout, mais cela est voulu, bien évidemment.

La maîtrise de la flûte permet de reproduire fidèlement n'importe quelle mélodie, de l'« Ode à la joie » de Beethoven à « Yesterday » des Beatles, même si on ne la reconnaît pas tout de suite. Mais une des curieuses caractéristiques de la flûte est qu'elle est plus agréable à jouer qu'à écouter.

La calculatrice

Le programme de mathématiques du Collège est comme un lion dans la savane : il faut savoir le dompter avec calme et méthode. Pour parer à ses assauts, on peut se prémunir d'une arme infaillible : la calculatrice. D'un maniement simple, celle-ci peut exécuter n'importe quelle opération plus vite que son ombre. Ce qui est bien pratique pour démasquer la fourberie d'une multiplication à virgule.

Le cahier de textes

Comme nous l'avons dit, l'emploi du temps du Collégien est plus compliqué que celui de l'Écolier. Pour ne pas oublier ses devoirs, ou se perdre dans la jungle des couloirs et se retrouver tout bête sur un territoire inconnu plein d'indigènes inconnus, tu peux te guider grâce à ton cahier de textes. Celui-ci est un journal de bord indispensable où tu noteras ton emploi du temps (en n'oubliant pas le numéro des salles), les devoirs et les dates de contrôles. Avec lui, il est impossible de te perdre, et très vite le Collège ne sera plus une *Terra Incognita**.

* « Terre inconnue »

Le cahier de classe

Le cahier de classe est un peu le grand frère du cahier de textes : il est plus gros, plus lourd et peut être utilisé par toute la classe. Il est gardé par deux indigènes : les Délégués de classe (voir « Autres indigènes »). Ceux-ci le transportent de classe en classe et le remettent à chaque Prof en début de cours. Le Prof y écrit les devoirs à faire pour la prochaine fois et quelques notes. Ainsi, Élèves et Profs peuvent consulter le cahier à tout moment pour se remémorer les exercices prescrits et les dates des contrôles.

Le carnet de correspondance

Au début de l'année, tu te verras offrir comme cadeau de bienvenue un drôle de petit carnet. Peut-être aurais-tu préféré un walkman ou une jolie montre mais la remise du carnet de correspondance est une coutume tribale chère aux indigènes du Collège. D'ailleurs, ce carnet s'avérera très utile puisqu'il contient une foule de renseignements (règlement intérieur, dates des vacances, noms des Profs, etc.). Son but principal est de faire le lien entre le Collège et les Parents des Élèves. Toute la vie scolaire du Collégien y est mentionnée (notes, remarques des Profs, dates des réunions, emploi du temps), ce qui permet de suivre son évolution et de l'aider si besoin est.

Le carnet contient aussi des bulletins détachables à faire signer en cas d'absence ou de retard. Le carnet de correspondance peut être considéré comme l'un des biens les plus précieux du Collégien. Il faut donc éviter de le jeter ou de l'égarer car, outre le fait de vexer les indigènes, perdre ces informations capitales se révélerait très embêtant.

EXERCICE PRATIQUE

Grille de mots

Remplis la grille avec
7 des mots suivants
(attention :
un intrus s'est glissé
parmi eux) :

- ~~tableau~~
- ~~craie~~
- ~~verroteries~~
- ~~décoction~~
- ~~flûte~~
- ~~tennis~~
- ~~cartable~~
- ~~plateau.~~

QUELQUES CONSEILS

Le parcours du Collégien est semé d'épreuves nouvelles auxquelles il n'est pas toujours préparé. Voici donc quelques conseils pour savoir quelle attitude adopter face à certaines situations.

Le flirt

Le flirt est un rituel de la récréation qui consiste en une parade de séduction entre Garçons et Filles. Même s'il existe une multitude de comportements relatifs au flirt, nous pouvons proposer un schéma-type de ce processus.

1 – Le sujet **A** repère sa proie **B**.
(**B** plaît à **A** parce qu'il ou elle est un (e) Grand(e), est un as au basket, ou ressemble à Britney Spears, etc.).

2 – **A** envoie des signaux pour que **B** remarque sa présence.
• Si **A** est un garçon, il fait des démonstrations de force, fait rire tout le monde en racontant des blagues idiotes, fait preuve de courage en bravant l'autorité des indigènes adultes, etc.
• Si **A** est une fille, le signal peut se traduire par : des parfums, des couleurs, des verroteries, etc.

3 – **B** remarque **A**, **B** est intéressé par **A** et le fait savoir par un autre signal :
• Si **B** est une fille, elle peut rire aux blagues idiotes, se montrer impressionnée par les démonstrations de force de **A**, admirative devant son courage et sa témérité ;

• Si **B** est un garçon, il peut être charmé par les parfums, les couleurs et les verroteries.

B n'est pas intéressé(e) et ne réagit pas.

B est trop timide et reste paralysé(e).

Souvent, à l'une ou l'autre étape du processus, interviennent des intermédiaires. Ceux-ci sont les émissaires de **A** ou de **B**, et transmettent des informations de la plus haute importance.

4 – **A** lance sa demande à **B**.

• Il se lance courageusement dans une longue déclaration enflammée.

• Il préfère confier la mission à un intermédiaire.

5 – **B** répond (directement ou par un intermédiaire).

B accepte : le flirt se concrétise.

B refuse : **A** doit recommencer avec quelqu'un d'autre.

6 – **A** et **B** officialisent leur flirt. Tout est bien qui finit bien.

Le flirt est l'une des activités les plus prisées au Collège et la majorité des bavardages, surtout du côté des filles, tournent autour de ce sujet. Les garçons, malgré leur réserve, s'y intéressent tout aussi assidûment.

Remarque : Hors Collège se déroulent des cérémonies musicales appelées « boums » qui ont pour but principal de prolonger et de favoriser les parades de séductions du flirt.

Les cigarettes

Tôt ou tard, la cigarette fait son apparition dans la vie du Collégien. Certains prétendent que le fumage de la cigarette est un rite d'initiation incontournable pour devenir grand. Or, il existe bien des non fumeurs qui n'ont jamais eu recours à la cigarette pour devenir adultes.

On peut donc dire que la cigarette n'est pas une nécessité et encore moins une obligation. Si la cigarette ne te tente pas, refuse gentiment toute invitation au calumet et évite les lieux de cérémonies tabagiques. Si elle te tente, sache que l'indigène fumant dans l'enceinte du Collège s'expose à de sérieuses sanctions.

En outre, il n'est pas très conseillé de dénoncer ses camarades fumeurs. La délation est mal vue et présage souvent une année difficile. D'ailleurs, les Pions font très bien leur travail de surveillance et connaissent la combine des toilettes-salle-de-fumage.

Le racket

Il arrive parfois que certains Élèves abusent de leur grand âge et de leurs muscles pour obtenir l'objet de leurs convoitises (argent, objets de valeur, vêtements de marque, etc.). Ce comportement dénué de courtoisie adopté par des indigènes ignorant la civilité s'appelle le racket. On peut dire plus simplement que le racket est un vol. Cet incident désagréable doit être signalé immédiatement (à ses Parents, un Prof, un Pion ou tout autre indigène de grande autorité). Dans ce cas, ce n'est pas de la délation mais de

la légitime défense. Bien entendu, le racket s'accompagne de menaces et de parades de dissuasion, mais il ne faut pas se laisser impressionner. L'autorité et le règlement du Collège ont aussi pour but de protéger les Élèves.

Pour éloigner tout risque de racket, il vaut mieux n'avoir rien à voler :
– N'apporte jamais de grosses sommes d'argent au Collège.
– Laisse la belle montre du dernier anniversaire à la maison.
– N'exhibe pas les marques de tes vêtements qui ont coûté beaucoup d'argent à Papa et Maman.

Le retard

Les rituels collégiens se déroulent à des horaires précis qu'il est bon de respecter (sinon le Collège ressemblerait plus à un hall de gare qu'à un lieu de savoir). On nomme retard toute arrivée survenue après la sonnerie rituelle des heures. Le retard est un manque de discipline plutôt mal vu, voire sanctionné. On peut d'ailleurs évaluer la gravité d'un retard par son importance :
– **Entre 0 et 30 secondes :** tout n'est pas perdu. Tu peux encore rattraper tes camarades de classe et camoufler ton mini-retard par une course héroïque.
– **Entre 5 et 10 minutes :** il est trop tard pour courir. Tu ne pourras réintégrer le rituel de ta classe qu'en montrant un billet de retard. Celui-ci te sera remis par un Pion ou par le CPE en échange d'une mine désolée. En entrant dans la classe, l'Élève retardataire provoquera une vague de regards curieux dont l'écrasante insistance peut se révéler gênante. Il convient alors de ne pas faire le malin (éviter les blagues, les chants et les démonstrations

corporelles) et d'adopter la même mine désolée. Il est également de bon ton de demeurer discret durant le reste du cours.
– **Au-delà de 20 minutes :** tu ne peux plus assister au cours, ni les Pions ni le CPE ne pourront te délivrer le précieux billet de retard. Tu devras alors patienter en perm jusqu'au cours suivant. Dans cette situation où le retard est sérieux, il vaut mieux être muni d'une excuse solide. Mais il est inutile d'inventer une terrible histoire d'incendie, d'accident ou de hold-up, personne ne sera dupe. Les Pions et le CPE sont des indigènes dotés d'un instinct redoutable et ils détecteront ton mensonge très vite. Un simple mot d'excuse de tes parents fera l'affaire.

Le camouflage

Comme toute contrée sauvage, le Collège peut être rempli de pièges imprévisibles. Il convient donc d'être prudent en attendant d'identifier les différents indigènes et leurs coutumes singulières. Pour cela, un explorateur expérimenté ne saurait recommander mieux que le camouflage. Cette technique sophistiquée requiert un sens aigu de l'observation et une patience infinie.

Le camouflage se déroule en trois temps :

1 – Le mimétisme

L'explorateur chevronné conseille de prendre exemple sur la faune sauvage : comme le crocodile, la gazelle ou le phasme, il faut savoir se fondre dans le décor. Ainsi, en imitant l'apparence des autres indigènes, tu seras pris pour l'un d'entre eux et naturellement intégré à leurs coutumes.

En outre, toute tentative de démarcation délibérée sera prise pour une provocation, voire une agression. Il vaut mieux ne pas faire le malin pour rencontrer des indigènes.

Remarque : Il est conseillé de créer un mimétisme avec les autres élèves (et non pas avec les Profs ou les Cantinières)

Indigène du Collège   Nouvel élève

2 – L'observation

L'explorateur chevronné ne le dira jamais assez :
« Pour apprendre, il faut observer. » En trouvant une place stratégique, c'est-à-dire discrète et offrant un champ de vision étendu, tu pourras étudier à loisir tes congénères indigènes et te familiariser avec leurs coutumes. Profite des récréations pour écouter et prendre des notes sur la faune et la flore du Collège. L'observateur attentif recueille toujours une mine d'informations tout en évitant un maximum d'ennuis.

3 – La prise de contact

Très rapidement, tu pourras mettre à profit tes précieuses informations. On ne peut rester toute l'année un observateur silencieux sans risquer un ennui carabiné.

Pour la première prise de contact avec les tribus d'Élèves, il convient de respecter quelques principes :
– Garder le sourire : c'est un signe de non-agression compréhensible par tout le monde.
– Parler de manière posée et intelligible : cris et hurlements pourraient effrayer tes interlocuteurs.
– Ne pas les amadouer avec des verroteries ou des cadeaux : être simple et naturel reste la meilleure attitude.

L'humour

Face aux difficultés du Collège, aux quiproquos, aux tensions entre indigènes, il existe une grande philosophie ancestrale qui permet de traverser indemne nombre de situations désagréables : l'humour.

L'humour est un art martial de l'esprit qui, mal utilisé, peut provoquer des catastrophes, mais qui peut aussi devenir, avec une certaine maîtrise, une arme redoutable.
Évidemment, il ne s'agit pas de tout prendre à la rigolade et de se moquer des autres indigènes – ce qui provoquerait le contraire de ce que l'on voudrait – mais d'aborder les choses avec sagesse et détachement.
La philosophie de l'humour repose sur quatre préceptes essentiels :

« Le rire du chimpanzé »

Un indigène a un comportement désagréable, tu te trompes de salle, tu échoues à l'épreuve de saut en hauteur… c'est contrariant, certes, mais pas dramatique. Faire une montagne de ces petits accrocs peut gâcher ton année, ce qui serait dommage. Rire de la situation, c'est déjà plus agréable.

« La sérénité du phasme »

Certains indigènes sont naturellement dotés d'un fulgurant sens de la repartie qui peut désarmer n'importe quel guerrier vindicatif. D'autres non. Pour ceux-là, tout n'est pas perdu pour autant. En des situations tendues, la philosophie ancestrale recommande la figure dite du « phasme ». Le phasme est un animal paisible, non violent, qui vit sa vie sereinement sans agresser ses congénères. Des études très poussées en milieu naturel ont en effet révélé que s'énerver, répondre aux provocations, s'avère généralement inutile, épuisant et source d'ennuis. En prenant exemple sur le phasme, c'est-à-dire en restant calme, les situations de conflit se désamorcent d'elles-mêmes et les tensions s'apaisent.

Et comme dit le sage : « Le phasme est plus fort que le lion lorsqu'il triomphe de sa colère. »

« La cordialité de la girafe »

La sagesse de l'humour dénote une grande ouverture d'esprit à laquelle les autres indigènes ne seront pas insensibles. L'humour dénoue les réserves, favorise les prises de contact et renforce les liens. Dans un tel climat de confiance, tu te surprendras toi-même à vaincre ta timidité pour pouvoir attraper, telle la girafe au long cou, les choses qui te semblaient inaccessibles.

« L'élégance de l'éléphant »

Enfin, la philosophie de l'humour apprend à être plus fort que les situations en recommandant un recul salutaire. Prendre son temps pour réfléchir aux choses évite de s'énerver pour rien – ce qui représente une économie d'énergie non négligeable. Car, dans la savane, la tranquillité de l'éléphant est toujours remarquable et respectée. Et l'on sait qu'un éléphant peut toujours charger lorsqu'il n'a plus envie de rire…

EXERCICE PRATIQUE

Dans la trousse

Un intrus s'est malencontreusement glissé dans la trousse.
Où est-il ?

RITUELS PARTICULIERS

Les indigènes adultes (Profs, Parents, Principal, CPE) adorent se réunir pour discuter des Élèves. Pour ce faire, ils se retrouvent durant des cérémonies secrètes au cours desquelles ils peuvent dire ce qu'ils pensent des notes et des comportements des Collégiens. Ces réunions se déroulent de plusieurs manières, selon diverses combinaisons de participants.

Le conseil de classe

À la fin de chaque trimestre, se tient cette réunion au sommet qui rassemble tous les Profs, les représentants des Parents, les Délégués de classe (dont c'est l'heure de gloire). C'est un rituel très redouté car il s'y dit des choses de la plus haute importance sur le travail des Élèves. D'ailleurs, c'est au cours du dernier conseil de classe de l'année que l'on décide de leur passage ou de leur redoublement.

C'est le Principal qui préside cette grande cérémonie et invite les participants à examiner la situation de chaque Élève, matière par matière. Les Délégués de classe et les représentants des Parents prennent des notes pour faire un compte rendu à leurs congénères. Cependant, le conseil de classe n'est pas un tribunal qui condamne les Élèves. Au contraire, il permet de faire le bilan de leur niveau et informe les Parents de leurs éventuels besoins (soutien scolaire, etc.). Ainsi, l'Élève peut reprendre en main les matières dans lesquelles il est en difficulté et recevoir une aide bienveillante.

Réunion Parents-Professeurs

Les fins de trimestre sont des saisons propices aux réunions d'indigènes. En plus du conseil de classe, peuvent s'organiser des rituels confrontant chaque Prof à chaque Parent. Dans une atmosphère plus intime, ceux-ci échangent directement des informations sur l'Élève concerné. Il ne s'y décide rien de capital, il s'agit surtout d'échanger des avis sur le Collégien en question. Car les indigènes adultes ont aussi besoin d'être rassurés. Il arrive que l'Élève accompagne ses Parents à ces cérémonies, mais c'est à ses risques et périls s'il a de mauvaises notes.

Réunion de Parents d'Élèves

Les Parents, de leur côté, organisent aussi des réunions entre eux parce qu'il n'y a pas de raison. Quelques jours avant les Conseils de Classe, les représentants de Parents d'Élèves (qui sont les porte-parole de leurs congénères) envoient un courrier aux autres Parents. Ceux-ci peuvent alors prendre contact avec eux s'ils ont des remarques à émettre lors du Conseil de Classe. Ce genre de réunion tribale permet de donner la parole aux Parents et de les faire participer à la vie des Collégiens. Ainsi, chaque indigène a un rôle à jouer pendant les cérémonies et tout le monde est content.

CONCLUSION

Au terme de cette année de découverte, emplie de rituels initiatiques et de connaissances nouvelles, la récompense sera à la hauteur des épreuves puisque t'attendront de grandes et belles vacances.

On peut alors dire que le plus dur est passé. Car, riche de cette première année, tu compteras à la rentrée suivante comme un indigène Collégien à part entière. Sur ton territoire fraîchement conquis débarqueront d'autres Nouveaux Élèves au regard perdu, que tu pourras alors guider grâce à ta longue expérience…

JEU
DE L'OI

5 - Supplice de la c
Passe un tour.

9 - Ration supplémenta
de frites ! Avance
trois cases.

14 - Convocation dans l'antre du principal. Recule de cinq cases!

18 - Vingt sur vingt en histoire-géo! Rejoue une deuxième fois.

23 - Tu es arrivé en retard! Reviens à la case 1.

27 - Vacances!

Table

Les tribus 7
• Exercice pratique 21
Les lieux 23
Les objets du Collège 39
• Exercice pratique (suite) 42
Quelques conseils 43
• Exercice pratique (fin) 54
Rituels particuliers 55
Conclusion 57
• Jeu de l'oie (récréation) 58

Solutions des jeux

Le Pion intrus
page 21

Grille de mots
page 42

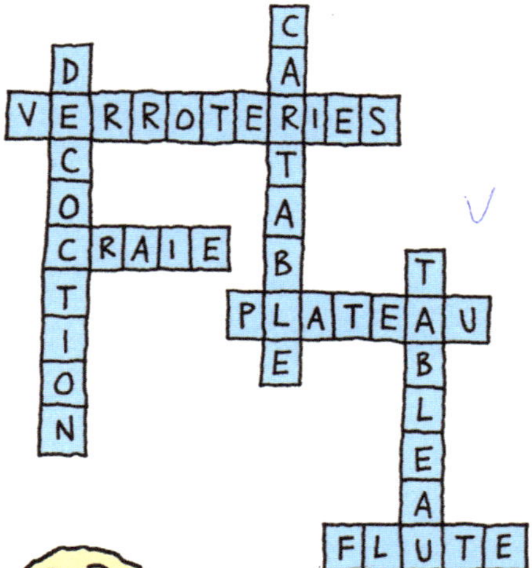

Dans la trousse
page 54

Imprimé en Espagne par Graficas Estella
juillet 2001 - Dépôt éditeur n° 14740
32.04.2646.1/01 - ISBN : 978.2.01.322646.2
Loi n° 49-956 du 16 juillet 1949 sur les publications destinées à la jeunesse
Dépôt : juillet 2008